con amor de bebé

*É*ste es el libro perfecto para leer y jugar con su bebé. En dieciséis cuadros, grabados y pasteles de la impresionista americana Mary Cassatt, podrás encontrar a bebés que dan de comer a los patos, bebés que aplauden, bebés que beben leche, bebés que se ponen de pie, y bebés que dan un beso de buenas noches a sus mamás, y todo esto acompañado de sencillas palabras que su bebé querrá oír una y otra vez.

MARY CASSATT (norteamericana, 1844-1926) pasó gran parte de su vida en Francia, donde recibió la influencia de Edgar Degas y expuso sus obras con los demás impresionistas de la época. Las relaciones íntimas entre madres e hijos se convirtieron en su tema predilecto.

con amor de bebé

William Lach · Obras de Mary Cassatt

ediciones
serreS

bebé
se sienta

bebé
de pie

bebé
mira

mano
de bebé

bebé
se baña

bebé

se seca

bebé
da de comer

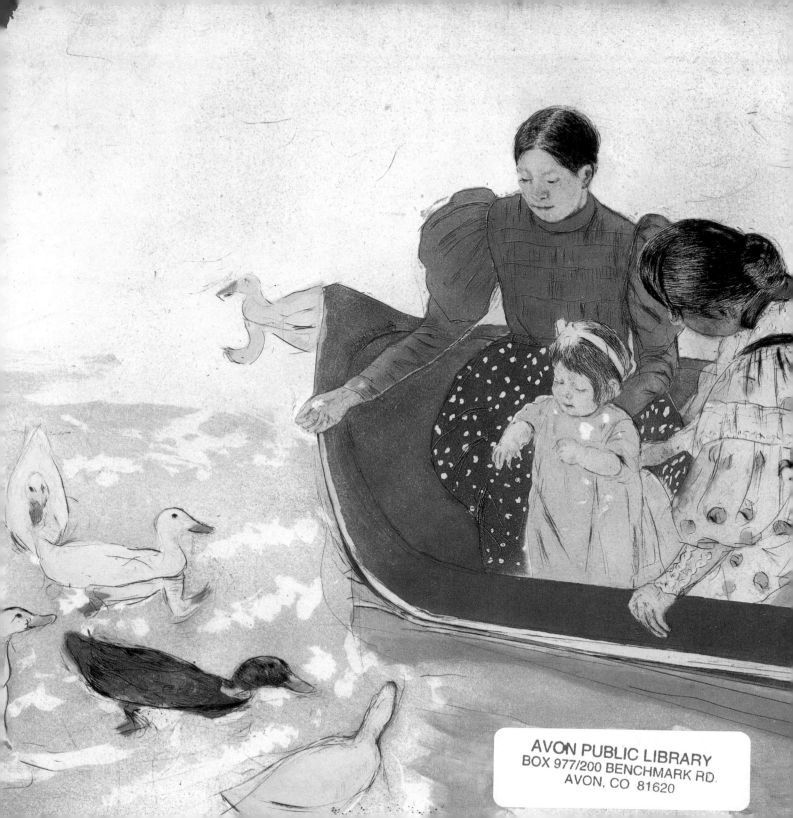

bebé
lee

bebé
aplaude

bebé
duerme

bebé
piensa

bebé

bebe

mimo
de bebé

abrazo
de bebé

beso
de bebé

con amor
de bebé

Todas las pinturas, pasteles, y grabados reproducidos en este libro son de Mary Cassatt (norteamericana, 1844-1926) y forman parte de una colección del Metropolitan Museum of Art.

BEBÉ SE SIENTA
En el ómnibus, 1891
Punta seca y aguatinta impresa a color
Obsequio de Paul J. Sachs, 1916
16.2.4

BEBÉ DE PIE
Madre campesina e hijo, 1894
Punta seca y aguatinta impresa a color
H. O. Havemeyer Collection, legado
de Mrs. H. O. Havemeyer, 1929
29.107.97

BEBÉ MIRA
Madre e hijo, 1910
Pastel sobre papel.
De la colección de James Stillman.
Obsequio del Dr. Ernest G. Stillman, 1922
22.16.21

MANO DE BEBÉ
Recogiendo fruta, 1898
Punta seca y aguatinta impresa a color
Rogers Fund, 1918
18.33.4

BEBÉ SE BAÑA
El baño, 1891
Punta seca y aguatinta impresa a color
Obsequio de Paul J. Sachs, 1916
16.2.7

BEBÉ SE SECA
Madre e hija (Niña levantándose de la siesta), 1899
Óleo sobre lienzo
George A. Hearn Fund, 1909
09.27

BEBÉ DA DE COMER
Alimentando a los patos, 1894
Punta seca y aguatinta impresa a color
H. O. Havemeyer Collection, legado de
Mrs. H. O. Havemeyer, 1929
29.107.100

BEBÉ LEE
Niñera leyéndole a una niña, 1895
Pastel sobre papel vélin y montado sobre lienzo
Obsequio de Mrs. Hope Williams Read, 1962
62.72

BEBÉ APLAUDE
Niño descalzo, 1898
Punta seca y aguatinta impresa a color
H. O. Havemeyer Collection, legado de
Mrs. H. O. Havemeyer, 1929
29.107.98

BEBÉ DUERME
Madre e hijo, 1914
Pastel sobre papel vélin y montado sobre lienzo
H. O. Havemeyer Collection, legado de
Mrs. H. O. Havemeyer, 1929
29.100.50

BEBÉ PIENSA
Mujer joven cosiendo, 1900
Óleo sobre lienzo
H. O. Havemeyer Collection, legado de
Mrs. H. O. Havemeyer, 1929
29.100.48

BEBÉ BEBE
Madre alimentado a su hijo, 1898
Pastel sobre papel vélin y montado sobre lienzo
De la colección de James Stillman.
Obsequio del Dr. Ernest G. Stillman, 1922
22.16.22

MIMO DE BEBÉ
Niñera y niño, 1897
Pastel sobre papel vélin (originalmente azul),
montado sobre lienzo. Obsequio de
Mrs. Ralph J. Hines, 1960
60.181

ABRAZO DE BEBÉ
Caricia materna, 1891
Punta seca y aguatinta impresa a color
Obsequio de Paul J. Sachs, 1916
16.2.5

BESO DE BEBÉ
Beso de madre, 1891
Punta seca y aguatinta impresa a color
Obsequio de Paul J. Sachs, 1916
16.2.10

CON AMOR DE BEBÉ
Madre e hija con pañuelo rosa, 1908
Óleo sobre lienzo
Legado de Miss Adelaide Milton de Groot,
(1876-1967), 1967
67.187.122

DISEÑO DE CUBIERTA Y GUARDAS:
Detalle de un estampado de áster sobre tela de algodón vaquero con bordado de seda.

THE METROPOLITAN MUSEUM OF ART

Obsequio de Robert L. Isaacson, en memoria de Gustavo Harris Nathan, 1989.

Título original: *Baby Loves*

Editado por acuerdo con The Metropolitan Museum of Art
y Atheneum Books for Young Readers

Copyright © 2002 The Metropolitan Museum of Art

Primera edición en lengua castellana para todo el mundo:

© 2004 Ediciones Serres, S. L.
Muntaner, 391 - 08021 - Barcelona
www.edicioneserres.com

ISBN: 84-8488-172-5